Lb⁴⁹ 1067. Par Léon Vidal et Léon Gozlan. Voy. De Manne.

Lb⁴⁹ 1067. Par Léon Vidal et Léon Gozlan. Voy. De Manne.

FEU PARTOUT.

VOILA

le Ministère Polignac !

IMPRIMERIE DE SELLIGUE,
RUE DES JEUNEURS, N° 14.

FEU PARTOUT,

VOILA

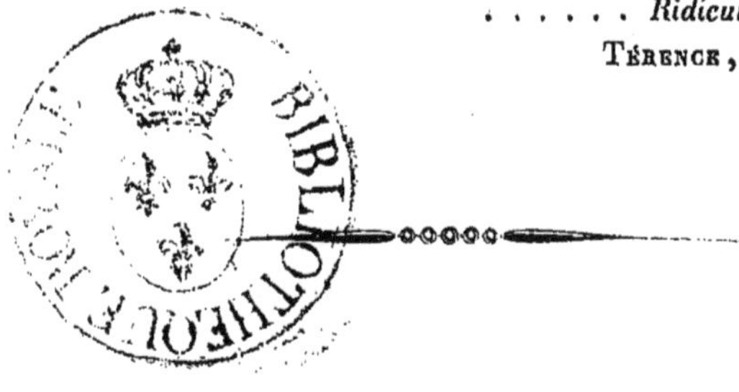

An mil huit cent vingt-neuf verra ;
Nouveau ministère naîtra ;
L'argent un préfet mangera ;
Un traître guerroyera ;
Cafard un ministre sera ;
La sottise gouvernera ;
La fin du monde arrivera ;
Et puis chacun s'écriera
Le bel animal que voilà ! ! !

NOSTRADAMUS, centurie CXX.

Et on leur donna le pouvoir, non de tuer les hommes, mais de les tourmenter durant cinq mois.

APOCALYPSE, ch. 9, v. 5.

. . . . . . Ridicula res est.

TÉRENCE, Asinaria.

Paris.

L. DUREUIL, PLACE DE LA BOURSE.

—

1829.

FEU PARTOUT.

VOILA

LE MINISTERE POLIGNAC!

CHANT DE RETOUR DES JÉSUITES.

Feutrier, qui signas l'ordonnance sinistre,
Qui pris d'Hermopolis la toge de ministre,
    Et le portefeuille fatal,
Tu ne verras jamais s'élever sur ta tête,
Présent du Vatican, l'écarlate barrette
    Et le chapeau de cardinal.

Populaire sénat ! puisses-tu sur ton dôme
Recevoir tout le feu qui dévora Sodome,
    Et ta charte mise à l'encan,
Et le vieux Montlosier errant sur la colline,
Sous ses pieds auvergnats puisse-t-il, comme Pline,
    Voir se rallumer un volcan.

Ah ! nous pourrons encor au moribond docile
Dicter d'un testament le tardif codicile
    Surpris aux portes de la mort ;
Et Clouant l'anathème aux planches de sa bière,
Au libéral défunt murer le cimetière,
    Et refuser un passeport.

Gloire à nos défenseurs ! gloire au pieux Villèle !
Qu'il repose sur l'or que son coffre recèle,
    Comme l'arche aux monts Ararat ;

Et lorsque sonnera la trompette dernière ,
Qu'il ne paraisse point escorté de Pompière
  Dans le vallon de Josaphat.

Ferdinand nous ouvrant ses villes fortunées ,
Nous a dit : « Il n'est plus pour vous de Pyrénées ;
  » Irun vous attend à genoux. »
C'était peu que ce prince eût autour de son trône
La famine , la guerre avec la fièvre jaune ,
  Il n'y manquait encor que nous !

Pleure Vatismenil au fond de tes retraites ,
Gémis au souvenir de nos longues défaites ;
  Et puisses-tu sous ton regard ,
Maudit comme Caïn , à ton heure suprême ,
Voir cette main de feu qui traçait l'anathème
  Sur les lambris de Balthazard.

Nous avons pour garant de toutes nos victoires ,
Courvoisier , de Bourmont et les réquisitoires
  De Grand Menjaud de Dammartin :
Peuple ingrat ! à nos yeux l'avenir se découvre ;
Oui , nous verrons un jour flotter sur le vieux Louvre
  Le labarum ultramontain.

LA COMÉDIE.

La toile est levée, les acteurs sont en scène, la farce va se jouer ; je dis la farce, car, en vérité, je ne puis prendre tout ceci que pour une mauvaise comédie qui, après quelques actes burlesques, peut-être même quelques scènes tragiques, tombera sous les sifflets de la France qui est au parterre.

Je sais bien que d'autres voient cet événement sous des couleurs bien plus sombres et plus noires ; ils vont se créant d'épouvantables fantômes, et criant au secours contre des revenans. Et Songez-y donc, bonnes gens qui vous effrayez et tremblez de tous vos membres à la lecture de trois ordonnances ; ouvrez les yeux et voyez : de bonne foi, croyez-vous qu'on puisse bouleverser un royaume, marcher au pas de charge sur trente millions d'hommes, et culbuter les institutions d'un peuple, lorsqu'on n'a pour tout drapeaux que des souquenilles de jésuites et quelques livrées dorées de valets de cour. Vous l'avez vu, ils ont une fois voulu tuer les idées libérales à coups de fusil, et les idées ont eu la victoire ; et vous pensez qu'ils en viendraient à bout à coup de crosses d'évêques et de cierges de marguilliers !

Cela ne se peut ; encore une fois, c'est une comédie, une sotte et plate parodie de 89, une seconde partie de la pièce Villèle et Peyronnet ; et même nous avons

moins à craindre, parce que les acteurs sont plus
francs et moins adroits. Car, vive Dieu, ils ne vont
plus jouer sous le masque, *ablata persona est*, c'est
de la congrégation pure et sans alliage, du jésuitisme
au plus haut titre ; c'est Montrouge, Rome et Saint-
Acheul tombés par enchantement sur le boulevart
des Capucine ^ à la rue Grenelle et sur la place Ven-
dôme.

Je sais bien qu'il en est d'aucuns qui vont me parler
de grands projets et d'effrayantes espérances. A les
entendre, celui-ci va sabrer les écrivains et prendre
d'assaut les imprimeries à la tête d'un escadron de
mouchards et de gendarmes, deux corps fraternisant
au mieux pour le service et la plus grande gloire de
la congrégation ; celui-là va couvrir le pays de jésui-
tières, l'un a déjà fait un pacte avec les quatre-vingt-
six bourreaux de la France pour leur donner jusqu'aux têtes de ses amis, il ne veut pas reculer devant
la guillotine ; l'autre fermera les chambres, mettra
les clefs dans sa poche, et livrera la France pieds et
poings liés au pouvoir ; puis viendra le régime des
ordonnances et du bon plaisir, puis arriveront les
coups d'état, les lettres de cachet, les bastilles, les
déportations ; que sais-je ? ils prévoient un sombre
et orageux avenir, ils s'en vont pronostiquant et an-
nonçant de tristes et de sinistres jours.

Certes, je le crois bien, si le champ était libre devant les voltigeurs de 89, si les braves en poudre et
perruque pensaient qu'il est aussi facile de s'emparer

de la liberté d'un peuple, et de mettre le sequestre sur ses institutions, que de s'installer et se prélasser dans l'hôtel d'un ministère, sans nul doute je tremblerais, moi aussi, pour la chose publique ; mais tout cela n'est que vent et fumée, projets sans avenir, illusions et espérances sans réalité. Donnons-leur donc le plaisir de se contenter, de se convaincre une fois pour toutes ; il faut que la chose advienne, un peu plus tôt, un peu plus tard, qu'importe? Depuis long-temps ils tentent, ils essaient, ils tournent autour du ministère, sentant et flairant la puissance ; qu'ils commmencent donc ; il y a du rire au fond de ceci, *inest lepos ludusque in hâc comœdia, ridicula res est.*

Voyons les acteurs.

M. DE POLIGNAC.

Or il naquit comme naît un vilain ;
Sans parchemin, sans blason, ni devise,
N'ayant cordon, ni titre sur vélin,
Nu comme Adam, comme lui sans chemise.
Pour l'éduquer, dès qu'il fut grand garçon,
On le menait chaque jour à confesse ;
Et l'aumônier lui répétait sans cesse
Qu'un noble enfant doit savoir le blason.
Quand grâce au ciel il est par droit d'aînesse
le premier né d'une haute maison.

Maître passé dans cet art admirable ,
Il distinguait mieux que Ménétrier
Un champ d'*azur* d'avec un champ de *sable* ,
Et d'un écu le plus noble quartier.

En fait d'histoire il était fort habile ;
Pourtant on dit qu'un beau soir au château ,
En discutant , en s'échauffant la bile ,
En trop tirant son savoir du fourreau ,
Il confondit Hector , rival d'Achille ,
Avec Hector le valet de carreau.

Qu'il était fort surtout , au jeu de paume !
Nul n'eût osé lui disputer le prix ;
Depuis Nemrod , quel chasseur du royaume
Abattait mieux au vol une perdrix ?
Voilà comment sa grandeur se fit homme.

De son pays fidèle défenseur ,
On l'affubla d'une riche équipée ;
Le long du flanc on lui mit une épée.
Mais s'il faut croire un caustique censeur ,
De père en fils cette arme inoccupée
N'a vu le jour que chez le fourbisseur.

Quand de nos rois tomba la dynastie ,
On dit encor , royaliste discret ,
Que monseigneur dans une sacristie
Servait la France en avalant l'hostie.
Il conspirait , conspirait , conspirait.

Après vingt ans enfin le destin change ;
Et monseigneur , revendiquant ses droits ,
Veut une place à la table où l'on mange ,
Veut une part dans le gâteau des rois.

Certain héros que la *Gazette* encense ,
Lui dit un jour : Retournez à Calais ;
Puisqu'un Anglais est maréchal de France ,
Qu'au moins la France ait un ministre anglais.

De sa beauté j'ai dressé le registre :
Petit de corps , œil fauve , dos replet,
Cheveux pendans , regard faux et sinistre ,
Teint mélangé de céruse et de bistre ,
C'est en un mot Villèle , mais en laid ;
Voilà , Messieurs , notre premier ministre.

Poème inédit traduit de l'anglais.

« Les noms soupçonnés ou bien oubliés de Polignac sont de nouveau proclamés ; ce sont des chances de malheur tenues en réserve pour aggraver les calamités publiques. Voilà donc la France revenue en présence des Polignac. Quel vertige peut les engager à sortir de leur riche retraite, dont une nation généreuse les a laissés jouir, et les porte à faire revivre un passé dont l'oubli est leur premier besoin? Que veulent-ils? Tout puissans dans les salons du palais, de quoi disposent-ils dans la nation. »

M. DE PRADT.

ÉPIGRAMME.

Dans un salon l'on discutait dimanche :
Femmes de goût proposaient tour à tour
Un nouveau nom pour la nouvelle manche
Qui va flottant sur les robes du jour ;
Fort et long-temps s'agita le concile ,
Sur ce grand point tant on controversa ,
Si qu'en honneur du diplomate habile
Qui tant et tant la Manche traversa ,
On adopta la *manche à l'imbécile.*

Mode du jour.

Enfin, c'est lui, le voilà, le prince Armand-Jules-Marie-Héraclius de Polignac, le messie des douairières et de la congrégation ; on exulte à l'œil-de-bœuf, car il est le parangon des courtisans ; Rome en a tressailli, car il est prince romain, prince par la grâce du pape, comme en bonne règle ils devraient l'être tous, au dire des jésuites. Le premier il s'avance en tête du bataillon ministériel ; à force d'allées et de venues, à force de voyages et de traversées, il est arrivé au pouvoir, et ce n'est pas sans peine : pour avoir tant et si souvent passé la mer, il en est devenu noir comme un matelot.

Il est nommé ministre *des affaires étrangères,* et c'est bien là sa place pour continuer à traiter de la France avec l'Anglais que certes il chérit plus qu'il ne nous aime.

A croire ce qu'on conte de lui, il est tout fier et bouffi de son vieux nom et de sa faveur d'antichambre; il ne craint pas d'avouer l'ancien régime tout aussi hautement que M. de Blacas, mais l'ancien régime sans correction ni changement, et même avec additions, si faire se peut, car avec le peuple il n'entend ni à concession ni à accommodement. Pour lui, la révolution est toujours une révolte, les trois ordres existent encore, le tiers est une troupe de vilains ameutés, et la Charte est un *laissez-passer* pour arriver à l'absolu.

Vrai Don Quichotte du noble faubourg, il est allé quêter l'amitié de Wellington; pour garantie de son patriotisme, il nous apporte son dévoûment à l'homme de Waterloo, et il nous offre gracieusement le patronage des aristocrates anglais et des marchands de la Grande-Bretagne.

Que tout cela soit vrai, que le portrait soit bien exact, je ne veux vous le dire, lecteurs; mais, tout ce que je puis vous garantir, ce sont ses états de service, titres admirables que je vais vous déployer et vous dire.

Quarante ans de conspirations bien pleins et bien comptés, conspirations au profit de ce que vous savez aussi bien que moi, les voilà. C'est bien assez, je pense, pour avoir l'honneur de porter le guidon de la coalition anglo-jésuitique. Certes, si l'on donnait jamais une prime pour les complots, je promets d'avance ma voix au noble personnage, et je tiens qu'on devrait le nommer d'emblée grand conspirateur de France : pourquoi pas? par le temps qui court, ce serait un titre comme un autre. Voyez s'il le mérite : il a conspiré avec les Prussiens, puis avec les Anglais, puis avec Pichegru, puis avec Mallet, puis encore avec les étrangers, puis avec Metternich, puis et au mieux avec le duc de Wellington. Le poignard de Georges, la poudre de la machine infernale, les correspondances bordelaises, la plume des notes secrètes, tout lui a servi ; il a touché à tout.

Au reste, en ses conspirations il travaillait bien un peu aussi pour lui, car les folles économies des révolutionnaires, gens damnables, ennemis du luxe et de la noblesse, lui avaient enlevé sept cent mille livres, pour lesquelles la famille était portée au fameux livre rouge. Certes, cela valait la peine de regretter l'ancien régime ; quelques pauvres hères décrassés et habillés par la révolution et par la restauration font bien mine de le regretter à moins.

Cette richesse ne doit pas vous étonner, car le nom de Polignac est un de ces noms de cour qui se traduisent par favori : les dons, les richesses et la faveur allaient à eux comme eau à la rivière, surtout pendant le dernier règne. Cette faveur de la duchesse Polastron de Polignac auprès de la reine alla même à un tel point, qu'on en conte des choses étranges, dont je me garderai bien de vous parler, car je tiens tous ces bruits pour caquets, médisances et calomnies de cour, pays natal de ces sortes de choses. Toujours est-il que madame Polastron de Polignac fut obligée de quitter la France et de fuir en Allemagne, poursuivie par la haine des courtisans et surtout par celle du peuple, qui depuis long-temps éprouve une naturelle aversion pour ce nom de Polignac. Peut-être a-t-il tort, peut-être se laisse-t-il aller à une antipathie toute de pressentiment; mais au fait il n'aime pas ce nom; il l'entend prononcer comme une de ces paroles magiques qui évoquent les tempêtes.

Un seul fait marquant surgit dans la vie du jeune Polignac avant l'émigration, si on excepte toutefois sa naissance de laquelle on parla beaucoup, et singulièrement à la cour. Il joua la comédie en noble et grande compagnie; c'était dans la pièce à l'ordre du jour, *le Mariage de Figaro*; les grands seigneurs trouvaient plaisant de se jouer eux-mêmes, et de se jeter au nez des tirades de cette philosophie moqueuse qui allait bientôt devenir populaire à leurs dépens. Le comte d'Artois faisait le rôle de Figaro, la reine Marie-Antoinette faisait la comtesse, M. de Polignac le page, M. de Vaudreuil, Almaviva, M. de Guiché, Bartholo, et M. de Crussol, Basile. Les initiés remarquèrent à cette représentation un ensemble rare à trouver même au théâtre.

Après la comédie vint l'émigration. M. de Polignac, alors capitaine de dragons, prit la poste et courut des premiers à Coblentz; trop de motifs, sans compter les principes, l'attiraient là, pour ne pas se hâter; attaché au comte d'Artois, il devait le suivre; d'ailleurs il aurait eu mauvaise grâce de ne pas se montrer à la petite cour où Mme de Polastron, sa parente, régnait en souveraine, tout comme Mme de Balby présidait à celle de Monsieur.

Les campagnes de l'armée de Condé, puis des voyages, des courses, des missions, des intrigues politiques dans les pays étrangers, la conspiration de la machine infernale, et enfin la conspiration de Cadoudal, voilà ce qui remplit les années du noble duc jusqu'en l'an XII. Ce fut alors qu'il fut condamné à mort avec Georges, mais la générosité de Bonaparte et de Joséphine lui épargna la vie, ce dont le coupable leur fut bien reconnaissant par la suite. Il le fut pour le moins tout autant que M. de Rivière envers le pauvre Joachim Murat qui lui avait rendu pareil service.

Georges, bien qu'une *bestia ignorante*, comme disait Bonaparte, fit mieux, il ne voulut pas de grâce, il déchira l'acte de soumission qu'on lui présentait, et se tournant vers ses compagnons, il leur dit : Voici notre dernière heure, prions, et du courage. Et il sut mourir.

Condamné à une détention dans un château fort, M. de Polignac passa son temps à conspirer à Vincennes et au fort de Ham. Un de ses plus actifs correspondans était ce même Lynch, maire de Bordeaux, dont le général anglais Dalhousie fut forcé de contenir la ferveur royaliste en 1814.

Comme il était dans une maison de santé de la rue Saint-Jacques, puis dans une autre de la barrière du

Trône, il se ménagea des intelligences avec Mallet, mais il fut plus heureux que cet audacieux général, et il parvint à s'échapper. Ainsi finit pour lui l'ère des conspirations à main armée.

C'était en 1814, M. de Polignac courut à Vesoul, le comte d'Artois y était, il venait de quitter l'Angleterre à l'insu du ministère britannique, et M. de Polignac fut bien étonné d'apprendre en arrivant que les alliés avaient défendu au prince de faire aucun acte d'autorité royale. Force fut de se soumettre, et M. de Polignac en attendant vint à Paris en qualité de hérault des puissances étrangères.

Enfin l'heure des récompenses sonna pour les élus de Coblentz. Les dignités leur tombèrent comme grêle, mais cette bonne fortune dura peu, et bientôt il fallut courir sur la route de Gand aussi lestement que le Corse s'avançait sur la route de Paris.

Messire Héraclius partit et revint avec la légitimité par la malle-poste; il ne connaît pas d'autre patrie. Ce fut alors qu'il conseilla, dit-on, de mettre la Charte aux oubliettes, l'appelant un laissez-passer; on ne l'écouta pas, on donna de belles paroles, mais on n'en agit pas moins. Les rigueurs commencèrent. Messire Héraclius, issu de Polastron, fut un de ces introuvables qu'on espère retrouver, il devint membre de la chambre qu'on appela la convention de la restauration. On lui rendit justice en le nommant un des juges du conseil de guerre qui condamna le général Lallemand, qu'on poursuivait jusque sur les état du grand-turc ; car on ne voulait pas même lui laisser un asile sur les terres de Barbarie.

La nation ne fut pas reconnaissante pour M. de Polignac, elle l'oublia aux élections, et bien lui fallut se contenter de la faveur dont il jouissait au pavillon Marsan et du titre de pair que lui laissa son père, mort en 1817 à Pétersbourg. Le nouveau pair ne fit pas précisément comme son honorable frère qui long-temps refusa de prêter un serment qu'il appelait impie; bon gré mal gré, il jura et il fut admis.

Tous les hauts faits de messire Héraclius se réduisent, en 1818, à tenir avec son épouse un juif sur les fonds baptismaux et en 1819 à signer l'acte de naissance de Mademoiselle. En 1821, M. de Polignac se lança de nouveau dans la carrière parlementaire, par une proposition tendant à supprimer les discours écrits dans les discussions de la chambre haute. M. le duc ne voulait pas de cette éloquence de contrebande que les honorables achètent d'un orateur à tant sa page; il entendait que chacun fît son éloquence à sa mode ; mais trop de gens n'auraient su où prendre les belles choses qu'ils débitaient pour que sa motion fût appuyée : on lui dit de prendre un teinturier, et tout fut fini.

En 1822, commencent ses voyages en Angleterre; il se fit autoriser à se décorer du titre de prince, à lui accordé par grâce du saint-siége; le roi signa le 30 juillet une ordonnance à cet effet, et le nouveau prince Gallo-Romain partit pour Londres.

De vous dire ce qu'il allait y faire, je ne saurais, mais au retour, on le reçut en audience particulière, et bientôt après il fut nommé ambassadeur près le cabinet de St-James. Dès-lors, ce fut une continuelle série de voyages, d'allées, de venues, de passages et de traversées ; des chevaux de poste et une voiture toujours prète, des postillons nuit et jour bottés et éperonnés, un abonnement au paquebot, voilà quelle fut pendant sept ans la diplomatie ambulante de l'ambassadeur.

Au moment où nous le croyons en conférence avec Canning sur les événemens d'Espagne et sur l'état des colonies espagnoles d'Amérique, il est à Paris, puis il donne à Londres un dîner à Wellington et aux vieux torys, puis il revient à Paris, puis il célèbre la fète du roi à Portland-Place, puis il descend aux Tuileries. Toujours, dit-on, il est à l'affût et à la poursuite d'un ministère ; Villèle le craint, et tâche de l'éloigner ; il revient en tapinois. Un nouveau ministère est formé, messire Héraclius vient de nouveau, il parle même de la Charte comme s'il venait de faire la paix avec elle ; on ne se prend pas à ses paroles ; il repart enfin, il épie, il guette le moment de la clôture des chambres, il se prépare, annonce à Londres sa nomination à Paris, pactise avec le ministère anglais, lui promet paix et nullité de la part de la France, puis quand le moment est opportun, il se jette dans le paquebot, s'élance, part, court à St-Cloud, à Rambouillet ; enfin, un beau matin chacun

se désole, se lamente, c'est qu'il est nommé. M. Bour-
deau lui a signé son diplôme, lui repassant la plume
pour recevoir de lui son congé, et lui donnant ainsi
le bâton pour se faire chasser et mettre à la porte.

> Dans son palais lorsqu'entra le visir,
> Chaque valet le saluant d'altesse,
> Un d'eux lui dit : Que faut-il vous servir ?
> — Pour le moment qu'on me serve la messe.

Que veut-il faire ? Régner despotiquement sans
doute, la chose est appétissante, mais le prince, tout
en faisant le brave, a peur de la nation ; une telle
explosion d'anathèmes et de cris d'alarmes a signalé
sa nomination, qu'il en tremble; pour le moment, il
se tient paisible, il attend ses compères et coadjuteurs
pour opérer. On dit même qu'il a écrit à maître Villèle, le priant de lui venir en aide. Pour tenir le peuple en haleine, il a tout simplement promis de gouverner constitutionnellement et aristocratiquement selon les us et principes de son ami Wellington, ce bon et
noble maréchal de France. La promesse est singulière.
Les mots hurlent de se trouver ensemble, mais heureu-
sement messire Héraclius-Polastron de Polignac a
pour conseiller messire François-Regis de Labourdonnaye, la forte tête de l'administration nouvelle. Ils
arrangeront cela ensemble.

M. LABOURDONNAYE.

Il est nommé : sonnez la cloche ,
Allumez l'encens à l'autel ;
Il va porter au côté gauche ,
Le plus grand coup , le coup mortel ;
Le voilà l'ennemi terrible
Dont la main doit passer au crible
Tous ses ennemis hasardeux ;
Noir de cœur , gris de chevelure ,
De Villèle il a l'encolure ;
C'est un ministre *in-trente-deux*.

Si le ciel m'eût donné d'apprendre
Le sort qui nous était promis ,
Que j'aurais mis hâte à me rendre
Au sein de moins grands ennemis.
Des mers franchissant la distance ,
J'aurais fini mon existence
Sur la cime de quelque roc ;
Où j'aurais , sous un plus doux règne ,
Vécu chez le roi de Sardaigne
Ou dans les états de Maroc.

Ami de l'autel et du trône ,
Il veut , libertin converti ,
Envoyer tout Paris au prône
Tenu par l'abbé Maccarty ;
Tous les jours dans la sacristie
Il avale la sainte hostie ,
Ainsi qu'autrefois le feu duc ;
Mais son goût , qui toujours rafine ,
Mettra près de la guillotine
L'Évangile selon saint Luc.

Vieille légende.

A-PROPOS.

> Si contre le duel demandant une loi,
> Le noble comte s'évertue,
> C'est que, se disait-il, si chacun s'entretue,
> Que va-t-il donc rester pour moi?

Celui-ci est le grand Adamastor, le géant des tempêtes parlementaires, le pourfendeur de ministres; c'est l'homme au teint ictérique, à la bile noire, au tempérament aduste, à l'attaque rude et brutale. Toujours en colère, tantôt c'est contre toute la nation, tantôt c'est tout simplement contre ceux dont il veut la place, qu'il milite et qu'il déclame. Ote-toi de là que je m'y mette, voilà sa devise. Sous l'empire, il voulait être sénateur, sous les Bourbons, il lui faut un ministère; depuis quinze ans il l'ambitionnait, le recherchait et le pourchassait. Dieu soit loué, il le tient enfin. Il a tout attaqué et tout défendu pour l'obtenir; il a même quelquefois guerroyé et pris parti pour la liberté; mais par pique et en désespoir de cause, se dépitant de ne pouvoir manger et dévorer sa part de la France avec les autres. Il s'est battu sur les bords du Rhin, contre nous, bien entendu; puis en Vendée; il a apologisé et adoré Bonaparte; il a fait la génuflexion devant les Prussiens, et depuis il est devenu l'homme le plus monarchique et le plus religieux qui soit en Europe après don Miguel et M. de Villèle.

Ce n'est pas cependant que sa vie politique soit pure

de tergiversations et de volte-faces; je l'ai dit, lui aussi il a encensé l'idole impériale, mais c'était, dit-on, dans l'intérêt de la monarchie, de la religion et de l'absolutisme qu'il aime par-dessus tout, comme chacun sait; et en ces sortes de choses, tout est bon pour arriver au but. Or, voici le narré de ses faits, gestes et paroles; bien s'entend que dans la vie politique du comte angevin on trouve beaucoup plus de paroles que d'actions.

Comme tant d'autres honnêtes gens, M. François-Regis de Labourdonnaye quitta, en 89, le régiment dans lequel il servait, et il alla à Coblentz, se battant avec les Prussiens, et se faisant houspiller par les armées républicaines, ce qui arrivait maintes fois en ce temps, comme cela est su de nous tous. Quand tout fut fini, il revint en France, se fit chouan; puis, lorsqu'il n'y eut plus rien à faire sur les grandes routes, il se soumit et se donna corps et âme à Napoléon Bonaparte, qui aimait fort les hommes à dé-voûment de quelque côté qu'ils lui vinssent.

Il se fit une petite fortune politico-départementale, car en peu de temps, il devint membre du conseil municipal de Maine-et-Loire, maire d'Angers, et même candidat au corps-législatif. Son dévoûment à l'empereur allait alors jusqu'à l'exaltation et à l'enthousiasme. En sa qualité de président du collége électoral de la Mayenne, il dit tant et de si belles phrases sur le génie, les talens et les vertus de l'usurpateur, qu'il en étonna ses auditeurs eux-mêmes; il le loua encore de son mieux dans un mémoire qu'il lui adressa sur les travaux à faire pour encaisser la Loire ; enfin, comme il était président d'une société philantropique à Angers, il proposa de changer le nom de ce cercle en celui de St-Napoléon, et de frapper une médaille pour immortaliser cet événement ; on vota le tout, comme d'usage, et M. de Labourdonnaye fit un beau discours d'inauguration ; on frappa la médaille, et M. de Labourdonnaye peut la trouver encore dans la collection numismatique de l'honorable M. Marcassus de Puymaurin.

Messire François-Regis était dans l'exercice de ses fonctions municipales lorsque l'usurpateur revenant d'Espagne vint à passer à Angers. Les complimens étaient de rigueur, Napoléon était alors dans toute la splendeur de sa gloire et de sa puissance ; et c'était comme un concours universel à qui s'agenouillerait et se prosternerait plus bas devant lui. M. de Labourdonnaye fit comme les autres, et mieux encore ; il loua, complimenta, panégyrisa le Corse tout aussi pompeusement que s'il eût su ses veines gonflées du sang de soixante rois *. Il lui parla même quelque peu de lui, pensant qu'avec les souverains, gens fort oublieux de leur nature, le plus prudent est toujours de ne pas s'oublier. Or, entre autres choses bien trouvées, il lui dit en belle prose que lui Labourdonnaye,

* M. Labourdonnaye, président du conseil général de Maine-et-Loire, disait à Napoléon : De Charlemagne à votre majesté il n'y a rien.

maire et administrateur d'Angers, *avait eu l'indicible bonheur d'acclimater la conscription dans le département.*

Certes, le maire angevin ne pouvait mieux dire en ce temps ; son mérite devait être grand aux yeux de l'homme qui faisait alors une si copieuse consommation de conscrits : aussi, l'orateur se frotta les mains d'aise, et se crut sénateur d'emblée à la fin de la harangue ; il alla même jusqu'à demander hardiment la place, lorsqu'il vit que nul ne se pressait de la lui offrir ; malheureusement, le tyran fut assez malavisé pour lui refuser une chaise curule au sénat, et l'orateur jura dès-lors en son âme une haine à mort au tyran, ce qui était juste, raisonnable et conséquent, comme on le voit.

Vint la restauration ; c'était un coup de fortune pour M. Labourdonnaye. Sa place était trouvée ; il se jeta à corps perdu dans les *introuvables,* et il les étonna, ces hommes tant zélés eux-mêmes, par son exaltation anti-révolutionnaire. Son début fut un effrayant coup de maître. Ce fut le 11 novembre 1815 qu'il lut à la chambre des députés son fameux projet de loi que, pour faire une cruelle et détestable plaisanterie à ceux dont il demandait la tête, il appelait loi d'amnistie ; il y proclamait la nécessité des exemples salutaires, mettant l'échafaud à l'ordre du jour, et divisant la France en catégories au profit des bourreaux.

Rien ne l'arrêta depuis dans sa carrière ; membre

inamovible de toutes les chambres depuis 1815 jusqu'à ce jour, souvent il changea de moyens et de points
d'attaques, mais jamais il ne varia dans l'exagération
des doctrines politiques. Souvent il défendit et soutint tour à tour les mêmes mesures, mais toujours il
fit une guerre à mort aux révolutionnaires, comme
il appelle ceux qui veulent la liberté constitution-
nelle. On se rappelle ses catégories, sa colère à propos de l'évasion de Lavalette, son vote pour le bannissement des conventionnels, sa diatribe contre
Grégoire, son insurmontable aversion pour l'avancement par ancienneté dans l'armée, son attaque
contre les garanties électorales, son opinion sur la
Charte octroyée et non consentie, sa harangue et son
brutal rapport contre Manuel, sa proposition en faveur des émigrés, et enfin ses regrets de ce que, disait-il, l'indemnité du milliard avait un vice capital,
celui de ne pas être intégral. Il a fait une guerre
de chouan au ministère Decaze, au ministère Villèle, et tour à tour aux ministères intérimaires et de
transition. M. Labourdonnaye, au fond, est bien
l'homme comme il en faut à la cour : décidé à tout
tenter, enthousiaste après calcul et système, et tout
dévoué par ambition. Aussi depuis long-temps son-
geait-on à lui dans les hautes régions pour en faire
un ministre ; et même, lors de la formation de l'administration qui vient de tomber, une intrigue de
cour travaillait à le porter au ministère en remplacement de M. de Chabrol ; son appétit de pouvoir était
si poignant et si vif en ce moment, comme toujours,

que tout lui convenait ; il acquiesçait à tout ; il sacri-
fiait même ses amis ; il abandonnait sur le champ de
bataille sa fidèle escorte de trente députés. Cependant,
comme le général avait promis d'amener avec lui ses
soldats au camp ministériel, il les rassembla, les
passa en revue, les harangua, leur insinua qu'une
guerre serait désormais nuisible et dangereuse ; et
bref, abordant la question, il les engagea à le suivre ;
mais ce furent paroles et peine inutiles ; sa faconde
n'émût pas ; on alla aux suffrages, et vingt voix
contre dix repoussèrent les avances du chef transfuge. Aussi, comme ces dix hommes formaient une
trop petite armée pour valoir un ministère, on laissa
là leur général, qui depuis se tint coi, attendant en
silence le moment de prendre sa revanche. Le moment est enfin venu ; M. François-Regis comte de Labourdonnaye est ministre de l'intérieur depuis le 8
août. Il a même siégé, tablé et politiqué au triumvirat, à l'hôtel des ministres, avec M. de Polignac et
ce pauvre M. Chabrol, plastron et bouche-trou de
tout ministère qui est embarrassé d'un portefeuille.

Or, M. François-Regis va disant qu'il arrive au
pouvoir tout botté, à la Louis XIV, et s'avançant
fouet et sabre en main pour châtier les libéraux ;
à l'entendre, il ne recule devant rien, il ne renie aucune des conséquences de son système de rigueurs et
d'exemples ; ses catégories sont prêtes et toutes dres-
sées, malheur à qui s'y trouvera. Ses inébranlables
intentions, il les a dites à un questeur de la chambre, M. L. de V., en un petit colloque amical

que voici : « Si j'arrive au pouvoir, vous verrez. — Que verrons-nous? — J'aurai un système. — Et ce système sera?....... — L'énergie ; il faut frapper la révolution au cœur. Je ne souffrirai pas les résistances, et vous-même, si vous étiez contre moi, je ferais tomber votre tête...... — Vous plaisantez , un homme religieux a horreur du sang. — Ce n'est point une plaisanterie, je vous le répète : si je suis ministre un jour, et que je vous trouve dans les rangs de mes adversaires, je vous ferai trancher la tête. » On voit que nous n'avons qu'à bien tenir notre tête et à nous mettre en garde contre l'énergie du nouveau ministre de l'intérieur, car elle sera terrible.

Ce n'est en effet depuis quelques jours qu'un feu roulant d'atroces bons mots, de sanglans adages qu'on lui prête : un jour il dit qu'on ne doit pas même reculer devant la guillotine, une autre fois il pense qu'*on peut très-bien gouverner avec des potences et des filles*, système admirable, monarchique si l'on veut, dans les idées de M. de Labourdonnaye, mais étrangement religieux et moral.

A lire les discours de M. Labourdonnaye, dans le *Moniteur*, vous diriez d'un Mirabeau ou d'un Danton, écrasant ses adversaires de sa voix de tonnerre, leur imposant la terreur et le silence par une taille et des formes athlétiques, en proportion avec ses gigantesques paroles; mais, loin de là, ce champion redouté des ministres n'est qu'un petit homme noir et maigrelet, au front recouvert d'un toupet un peu plus crépu que sa chevelure, aux yeux petits et enfoncés, à la voix nasillarde, au geste monotone Dans ses momens de plus grande fureur oratoire, il jetait à l'assemblée ses terribles phrases d'un ton mélancolique, et débitait ses diatribes comme une triste et uniforme mélopée ; d'ailleurs, toute sa fougue était dans son cahier, et presque toujours ses improvisations étaient datées pour le moins de huit jours. Vraiment je ne sais trop comment il va s'y prendre à la chambre pour répondre *ex abrupto* aux formidables attaques dont l'opposition le menace. Le cas serait surtout bizarre et fâcheux, s'il venait en idée à son collègue Polignac de ressusciter le projet qu'il eut jadis de prohiber dans les chambres les discours écrits. M. de Labourdonnaye a dit lui-même dans les salons Piet, qu'il ne montait jamais à la tribune *sans trembler comme un enfant*. Il était un des assidus convives de ce restaurant législatif ; l'adjonction de M. de Villèle ne l'empêcha même pas de s'y rendre exactement, et son énergie y atténuait toujours un peu les inspirations de son antagoniste. Il était du reste peu aimé dans cette réunion, ses sarcasmes piquaient tout le monde, jusqu'à ses amis ; car un jour, comme on le complimentait sur son alliance avec M. Delalot, il répondit brusquement : Oui, je lui donne des idées, et il me donne des phrases. Voilà en corps et en âme le ministre de l'intérieur, dont la cour vient de faire un aimable cadeau à la nation. Que les grands prévôts se préparent, que les bourreaux se tiennent prêts !

A peine nommé au ministère, M. de Labourdonnaye a choisi un secrétaire-général bien digne en tout
point de le seconder dans la mise en pratique de ses
théories. Il a pris le sieur Trouvé, ancien poète Lau-
réat de Robespierre, chantre de l'Être suprême, de
la guillotine, et de la montagne, préfet de Bonaparte,
imprimeur du *Drapeau blanc* et de l'*Aristarque*, et
éditeur du *Conservateur*, qui a vendu, il y a un
mois ses brevets d'imprimeur et de libraire, probablement parce qu'il craignait la censure pour son
commerce. C'est un homme pur et dévoué, s'il en fut
onc, il a gagné ses éperons sous la restauration, en
présidant le jury qui condamna à mort les quatre
sergens juridiquement assassinés à Paris le 21 septembre, pour la déplorable affaire de La Rochelle.
Le service valait une récompense, le ministre à catégories a fait du sieur Trouvé son digne lieutenant
et vicaire.

M. de Labourdonnaye aurait bien voulu pourtant
associer un honnête homme à ses *honnêtes gens;* il
comptait se mettre à l'abri de la popularité de M. de
Belleyme, mais le digne magistrat n'a pas voulu en-
courir l'excommunication nationale qui frappe le
nouveau ministère; il a été inébranlable, même à
Saint-Cloud, regardant comme un devoir de se sépa-
rer d'une administration qu'il a déclaré avec fran-
chise devoir perdre la monarchie, si, contre toute
attente, elle pouvait durer trois mois. Il a ainsi
pleinement justifié ce qu'il avait dit en entrant à la
préfecture de police : Je veux laisser un nom sans
tache à mes enfans.

ODE A M. DE BELLEYME.

Toi qui parais d'une ordonnance
Chaque jour les angles d'un mur,
Reçois notre reconnaissance,
Édile, à l'écharpe d'azur.
A toi, Titus de la police,
Qu'on vit agrandissant ta lice,
Réformer ce qu'on avait fait,
Je veux que sur ta tombe on lise
Cette rare et belle devise :
Il fut honnête homme et préfet.

Ainsi vers le bien qui t'anime,
Marchant toujours d'un pas égal,
Sur le chiffonnier anonyme
Tu mis un numéro légal.
De Paris funestes pilotes
Les cochers, ces races d'ilote,
Sont réformés comme d'abus,
Et ta main, qui jamais ne penche,
Sut protéger la Dame-Blanche,
Et le Tricycle, et l'Omnibus.

Dans ces lieux où Verneuil sans honte
Tout vivant, dit-on, descendit,
Aux impurs boudoirs d'Amathonte,
Un jour tu levas l'interdit.
Maintenant ces nymphes nocturnes,
Ces bayadères taciturnes
Qui longeaient le royal jardin,
Sur le lit où la faim soupire,
Ne verront plus la main du sbire
Réclamer sa part du butin.

Le clerc, les piétons que la gêne
Condamne au pavé les hivers,
Jamais d'une boue indigène,
Grâce à toi n'étaient plus couverts.
J'aimais voir dans mes promenades
Tes sujets, balayeurs nomades,
Portant le balai souverain,
Et dans leur marche matinière
Nous montrer à leur boutonnière
Pendue une plaque d'airain.

Des gueux échappés de leurs claies,
De la *Gazette* enfans chéris,
Par toi n'étalaient plus leurs plaies
Ainsi qu'un bazar à tout prix.
On t'avait vu, magistrat grave,
Affubler du bleu laticlave
Le dos du limier diligent,
Et grâce au passe-poil de laine,
L'honnête homme pouvait sans peine
Du voleur distinguer l'agent.

Belleyme, honneur à ton courage !
Le chêne civique t'attend ;
Lorsque la *Gazette* t'outrage,
Sur toi laisse ébrecher sa dent.
Aux beaux jours de l'antique Rome,
Quand du vainqueur, dans l'hippodrome
Passait le char triomphateur,
Aux cris de la foule ravie
Se mêlait ce long cri d'envie
Qui part d'un sein blasphémateur.

M. COURVOISIER.

Le majeur qui est dans un état habituel d'imbécillité, doit être interdit, même lorsque cet état présente des intervalles lucides.

Code civil, art. 489.

Boileau l'a dit; chacun est maniaque en soi ;
Et le fou très-souvent peut faire échec au roi.

Il allait d'un air égaré, s'arrêtant à chaque borne, se signant, marmonnant des patenôtres, hantant les sacristies , s'occupant peu de réquisitoires et rêvant de temps en temps à Fribourg et à son fils. Car, se disait-il souvent , ce voyage doit m'être heureux, une nouvelle fortune ministérielle, une fortune brillante comme celle de 1817 à 1820 doit en surgir pour moi. Et il prenait patience, espérant que l'oubli dans lequel on le laissait se consumer allait bientôt finir, se répétant, pour se tenir en haleine, qu'une inscription sur les registres de la congrégation vaut une belle et bonne hypothèque sur le budget de la France.

Cependant autour de lui on allait murmurant que le pauvre homme avait perdu la cervelle. Les docteurs lyonnais voyaient de la monomanie dans son fait, et même ils l'avaient prudemment envoyé prendre des douches à Luxeuil, car il était fort question de le faire interdire.

3

Quant aux antécédens de M. Courvoisier, ils sont beaux et encourageans pour un ministre qui eût voulu de ses services. Du bruit, des discours, des paroles jetées à torrent, une faconde tumultueuse, bouillante, diffuse, mélodieuse et sonore, une guerre de polichinelle, de banquiste et de compère faite en style poli et d'un air aimable ; des serremens de main, un accord admirable derrière la toile avec ceux qu'il attaquait sur la scène ; enfin, et pour récompense de tout cela, une magnifique sérénade à Besançon, un charivari éclatant et retentissant comme l'orchestre du grand opéra, comme une ouverture de M. Auber : voilà ses œuvres et voilà sa récompense.

Fils d'un avocat, il prit l'épée avec les émigrés, et gagna, dit-on, la croix de St-Louis dans une charge exécutée par le régiment des chasseurs de Bussy à la queue d'un escadron de Prussiens. En 1813, il rentra en France, laissa l'épée, prit la toge, se fit nommer procureur-général à Besançon, et en sa double qualité d'émigré et d'avocat du roi, il se trouva tout naturellement député en 1816 comme tant d'autres de ses frères d'armes. Sa première campagne législative fut un discours d'à-propos dans lequel il proclama sans restriction les principes suivans à l'usage des ministères : Quoi ! vous voudriez qu'un ministre fût à la disposition de la chambre, qu'il reçût les ordres de la chambre. — Quant à la détention au secret,

le roi a laissé le ministre arbitre de son exécution.
Le ministre est *l'ami du roi* puisqu'il a sa confiance.
A ce titre, nous lui devons respect. — C'était bien
commencer ; aussi son traité fut bientôt fait avec les
ministres qui voulurent de son respect.

Long-temps il batailla, discuta, élucubra en faveur du ministère ; sa tactique était plaisante et comi-
que, ses manœuvres sentaient la parade. Je l'ai
dit, c'était une guerre de banquiste et de compère
qu'il faisait au pouvoir. Ayant l'air d'examiner et
marchander ses volontés, et faisant mine de déprécier
sa marchandise, il poussait à la vente et au débit,
attirant et engageant les badauds par ce manége.

Il en fut plus d'un dans le monde des politiqueurs
qui fut pris à ce jeu. On s'étonnait que le chevalier
de Saint-Louis, le roturier *gentilhommé* et décrassé
à Coblentz, se montrât en certains jours un des plus
rudes adversaires de l'aristocratie qui lui avait fait
l'honneur de le mettre sur les contrôles du régiment de Bussy ; on s'éberluait à le voir dans
la même séance militer pour et contre l'arbi-
traire et la liberté, tirer sur le côté droit, sur
le côté gauche, et finir par conclure contre les ministres. De là on allait à dire qu'il n'appartenait à
aucun parti, à aucune coterie, puis on le taxait d'o-
riginalité, de vertige, de folie et de bizarrerie. Lui,
bien qu'il y eût un peu de cela dans son fait, riait
sous cape, sachant bien et comptant sur ses doigts
tout ce que lui valait ce manége dans les salons mi-
nistériels.

3 *

Déjà cependant on remarquait en M. Courvoisier des signes de cette incohérence d'idées, de ce décousu de raisonnement, de ce dérangement des facultés intellectuelles qui depuis se sont accrus jusqu'à dégérer en monomanie et presque en folie. Sans règle ni logique il battait les champs au hasard, traçant bien tout d'abord les plans de ses discours, mais sans jamais pouvoir les suivre; le moindre incident le poussait à droite ou à gauche, lui faisait perdre de vue son point de départ et oublier son but. Une fois lancé dans les digressions, c'était fait de lui et de sa faible poitrine, il n'en sortait que des sons étouffés; il descendait de la tribune, épuisé, hors d'haleine, défait et sans force; c'était pitié de le voir après une heure de déclamation; l'incohérence qui se trouve en son esprit se trouve aussi en son physique. Car sa taille est haute et son corps grêle, sa tête est grosse et ses joues sont macilentes et creuses comme celles d'un trapiste; ses bras, d'une longueur démesurée, semblent toujours prêts à quitter ses épaules, il en est gêné et embarrassé lorsqu'il parle, enfin ses gestes sont rarement en harmonie avec ses paroles.

Hélas! malgré tous ses services et son dévoûment, vint le jour fatal où l'on n'eut plus besoin de lui, ni de son dévoûment, ni de son éloquence pour faire déserter la gauche, endormir la droite et bercer mollement le centre. Le pauvre homme fut congédié. Dès-lors sa raison s'évapora avec ses dernières phrases ; il partit pour aller faire pénitence à Lyon, où il était procureur-général. Les jésuites le confessèrent, lui escamotèrent son bon sens et son fils; et il resta là, triste, se mourant de mélancolie, de dévotion et d'ennui.

Or, dans ce temps, il fallait un ministre, un homme prêt à tout, même à s'allier à MM. de Polignac, Bourmont et Labourdonnaye, un homme dévoué aux jésuites avant toute chose, et propre à faire au besoin le compère et le paillasse pour tromper encore quelques pauvres niais, si on en trouvait. On chercha long-temps ; il en fut un du triumvirat qui pensa à M. Menjaud-Dammartin, même à M. Merindol ; l'ennemi juré du système décimal, qu'il qualifie d'impie et révolutionnaire. On passa en revue bien des gens du roi ; mais rien ne convenait, lorsqu'un affidé de la congrégation se trouvant là, soutint qu'on ne pouvait mieux trouver et choisir que M. Courvoisier ; et au has rd de le mettre plus tard en pension chez le docteur Blanche, on lui envoya son ordonnance de nomination par le télégraphe et par un courrier qui ne put le joindre de long-temps ; si qu'à la fin il le saisit en une sacristie, où il était au retour d'une douche, se signant et récitant dévotement ses prières.

D'en devenir fou de joie, la chose n'était pas possible ; mais toujours est-il que, dans le nouveau cabinet, il se trouve en bonne et sortable compagnie, en un conseil tout-à-fait adapté et proportionné à lui

et à son intelligence ; car si les chefs du ministère
ne pouvaient proposer l'administration de leur justice mieux qu'à un fou, il fallait vraiment être fou
pour jeter les sceaux aux mains de M. Courvoisier :
mais ils étaient si pressés , ils ne savaient tellement
où prendre, qu'un peu plus ils seraient allés faire
un tour à Charenton, pour demander au directeur
un ministre de la justice.

M. DE CHABROL.

Sur un vaisseau d'ivoire arborant sa cornette ,
Chabrol du Pont-des-Arts contemplait la tempête ,
Et chargé d'amuser le futur souverain ,
Dans le bac de Saint-Cloud simulait Navarin ;
Aujourd'hui désertant le gaillard et la hune ,
Il servira Plutus comme il servit Neptune.
Mais lorsque dans Paris viendra battre la mer ,
Alors nouveau Jean Bart contre le dey d'Alger ,
Chabrol sur un vaisseau lancé de la Villette ,
Obtiendra d'un affront la vengeance complète ,
En sauvant ces consuls qui , prudens aux combats ,
Reçoivent des soufflets et ne les rendent pas.

Ballade algérienne.

Avez-vous besoin d'administrateurs , de préfets ,
de ministres , ouvrez l'Almanach royal, vous y trou-
verez une famille de Chabrol toujours disponible ,
Chabrol de Volvic, Chabrol de Crouzol, Chabrol de
Tournoel, Chabrol de Chaméane; prenez au hasard

ces enfans du Puy-de-Dôme, ils sont bons à tout, propres à tout, partout on les trouve, ils sont aussi inévitables que les Villeneuve dans les hôtels de préfecture.

Vous faut-il un homme dévoué à l'empire, enthousiaste de Napoléon, prêt à se mourir de joie en apprenant la nomination de son frère à la préfecture de Paris, voilà M. Chabrol de Crouzol, conseiller d'état, intendant des provinces illyriennes, président de la cour royale de Paris. Entendez-le s'écrier dans l'effusion de son cœur : « L'empereur sait et apprendra mieux de jour en jour combien il peut compter sur le dévoûment de notre famille. »

Voulez-vous un bon valet de la royauté, un de ces valets de petites affiches propres à tout faire, administrateur prudent, si Bonaparte retourne en France, courant se mettre au service de l'Autrichien Bubna, s'il le faut, préfet discret et complaisant si on veut décimer une ville, voilà M. Chabrol de Crouzol. Prenez-le, il a pour lui sa préfecture de Lyon, sa coalition avec les fonctionnaires de cette ville, avec les cours prévôtales, avec les échafauds, il écrit sous la dictée de Canuel, puis il a son mot tout prêt pour repousser la discussion et les reproches, la compassion et la pitié pour les victimes. Il vous dira, à propos des sanglantes exécutions du département du Rhône, que « les erreurs du pouvoir doivent être ensevelies au centre de la terre », profonde et énergique sentence qui seule lui vaudrait sa nomination au présent ministère. Puis il vous saluera, et il ira avec la conscience calme de l'homme juste s'asseoir au conseil d'état, attendant nouvelle fortune.

Que s'il faut un sous-secrétaire d'état à M. Lainé, un homme de peine et de fatigue pour en faire un sous-ministre, allez à M. Chabrol de Crouzol, il est prêt et disposé à vous complaire; et si M. Decazes en entrant au ministère commence par le mettre à la porte, il s'en ira tranquille, sans emploi, prenant son mal en patience et laissant au temps et à la mort le soin de lui faire une place. De fait, le directeur de l'enregistrement et des domaines lui laisse bientôt la sienne.

Le triumvirat déplorable a-t-il besoin d'un premier commis, d'un garçon-ministre, d'un mannequin diplomatique, d'un automate à portefeuille, Villèle s'adresse à M. Chabrol de Crouzol, et le voilà armé du trident de Neptune, sautant d'un tas de papier timbré sur le tillac d'un vaisseau de guerre, aussi bon marin que montagnard qui soit en Auvergne; on le plante là ministre de la marine, et selon que Villèle lui fait signe, il dit oui ou il dit non; on lui dit va, et il va; viens, et il vient; fais, et il fait; puis quand il s'agit de congédier ses supérieurs et maîtres, on s'adresse à lui, il n'a pas honte de concourir à leur renvoi et de le consommer, il prend la plume, signe et expédie au triumvirat un congé en bonne forme. Il ne croyait probablement pas que son tour viendrait si tôt; mais, hélas! on ne veut plus du pauvre homme; victime résignée, il quitte son trident, part sans mot dire, et disparaît dans un coin ténébreux de la chambre des pairs; il était là endormi, ne songeant à rien, n'ayant pas même l'espoir d'attraper la moindre miette dans le grand festin ministériel qui se préparait.

Cependant comme MM. Polignac et Labourdonnaye cherchaient un homme de bonne volonté, un de ceux qui ne craignent pas le voisinage et qui ne reculent devant aucune solidarité, qui n'ayant rien à perdre ne craignent jamais de se compromettre avec personne, ils vinrent tout naturellement à penser à M. de Chabrol de Crouzol, le véritable ministre en disponibilité. On lui expédia une nomination sans désignation de ministère, et l'excellent homme, toujours résigné, accepta à tout hasard. On ne savait toutefois encore que lui donner; le ferait-on de nouveau marin ou bien le jeterait-on dans la finance? la chose était en suspens; car on espérait embaucher M. Roy, on croyait avoir bon marché de sa conscience; mais quand celui-ci eut repoussé comme une sanglante insulte les propositions qui lui furent faites, alors, comme il fallait un financier à la troupe, un teneur de livres et caissier de bonne composition pour la compagnie de Jésus, on alla à M. Chabrol de Crouzol, il dit oui et vint aussitôt s'installer au palais Rivoli, d'où il éconduisit M. Roy de la manière la plus aimable et la plus polie.

Au reste, M. de Crouzol ne fera peur à personne

dans un ministère de réaction, il n'est pas redoutable
par lui-même, il laisserait faire ; mais ce n'est pas
lui qu'on verra monter à cheval, enfoncer son chapeau et charger le peuple ; s'il fallait en venir là, il
prendrait la poste et se sauverait comme il fit à Lyon
en 1815; c'est en effet un des hommes les plus timides
et trembleurs que je connaisse. Qu'on en juge par le
fait suivant : pendant que M. de Chabrol était intendant d'Illyrie, le général Andréossy envoya son aide-
de-camp à l'empereur. L'officier avait une dépêche
pour M. de Chabrol. A quelque distance de Laybach,
il apprit que l'intendant était dans une maison de campagne voisine de la route, il s'y fit conduire.

On annonce à M. de Chabrol l'arrivée d'un courrier de Constantinople ; à cette nouvelle la peur le
prend, il tremble de tous ses membres, se sauve, se
barricade dans une chambre, et donne l'ordre de passer au vinaigre la lettre et l'officier. Celui-ci résiste,
on parlemente; enfin sur la présentation d'un rapport
constatant qu'il n'y avait à Constantinople aucun
symptôme de peste, il se laisse fléchir et finit par com-
muniquer avec le pestiféré. Il fit mieux, il lui proposa
de le ramener à Laybach dans sa voiture; mais à peine
étaient-ils en route, qu'un orage éclate, le tonnerre
gronde et le pauvre intendant tout transi de s'ef-
frayer et de trembler de plus belle. A chaque éclair
il faisait un signe de croix et récitait une prière ; enfin ne pouvant y tenir, il fait arrêter ses chevaux,
descend de voiture, se jette à genoux et récite pendant

un quart-d'heure des *Pater*, des *Ave* et des prières
à saint Elme, pour se garantir de la foudre. L'officier, voyant à quel compagnon il avait affaire, alluma
sa pipe et laissa là M. de Chabrol prier tout à son
aise.

Aujourd'hui M. de Chabrol est plus dévot que jamais; c'étaient dans le ministère déplorable MM. de
Chabrol, de Clermont-Tonnerre et de Damas qui formaient le triumvirat de la dévotion, comme MM. Villèle, Peyronnet et Corbière composaient le triumvirat
de la politique et de l'hypocrisie. Il ne paraît pourtant
pas probable que M. de Chabrol reste long-temps aux
finances, il n'est financier que par provisoire et par
interim; voici venir, dit-on, son ancien patron Villèle,
le grand manipulateur gascon, pour lequel il tient
la place chaude. Quant à lui, on lui donnera la marine
ou quelque autre chose; dans tous les cas on le fera
supérieur d'un couvent de jésuites.

M. DE MONTBEL.

M. le baron de Montbel, maire, ou comme disent
encore les gens bien pensans du Languedoc, capitoul
de Toulouse, est entré à la chambre des députés, sous
les auspices de son compère et cousin M. de Villèle,
pendant la longue domination des trois cents; là il
se tenait paisible et silencieux, votant sans bruit,
réservant son éloquence pour de meilleurs temps.

Ces temps arrivèrent après le neuf thermidor de
la dictature Villèle; la queue des déplorables se rallia

alors sur les bancs de la droite , et M. de Montbel devint
un des chefs et meneurs les plus actifs de cette bande.
Toutes les fois que l'administration de M. de Villèle
a été attaquée , M. de Montbel n'a pas manqué de
prendre la parole et de défendre le ministre accusé.
Il a plaidé pour lui , comme le conséquent M. Syrieys
de Mayrinhac a péroré pour M. de Corbière, comme
dans la chambre des pairs, le sensible M. de Lally a
pleuré pour M. de Peyronnet, lequel n'avait pu trouver un avocat au Palais-Bourbon.

M. de Montbel vient d'être récompensé , et c'est
justice.

Or, savez-vous bien pourquoi M. de Polignac a donné
le ministère de l'instruction publique à M. le baron de
Montbel , croyez-vous que M. de Montbel soit un
docteur, qu'il en sache au moins autant que M. Qua-
tremère ou que M. Roger ; croyez-vous qu'il ait con-
sumé la moitié de sa vie à faire des livres , à compi-
ler des in-folios , à publier des vers et de la prose ;
pensez-vous qu'il ait tant seulement écrit quelques
lignes dans le *Drapeau blanc* ou dans l'*Aristarque ,*
qu'il ait coopéré à la *Gazette* de M. Genoude , et fait
du dévoûment dans la *Quotidienne* de M. Laurentie
et phrasé du jésuitisme dans le *Conservateur* de M. Be-
noît ; le croyez-vous membre de quelque académie
fût-ce même de celle des jeux floraux ; loin de tout
cela pour un homme bien pensant. D'abord M. de
Montbel est baron, fils de conseiller au parlement de
Toulouse, et c'est déjà quelque chose, puis il est cousin

et défenseur de M. de Villèle et c'est beaucoup, enfin il est jésuite de robe courte, et c'est tout.

Pour de la littérature, il n'en a faute; il a fait jusqu'à sa troisième inclusivement sous la férule des révérends; ses œuvres, elles sont placardées sur tous les murs de Toulouse la sainte, dont il est le digne capitoul; ce sont des proclamations monarchiques et des avis aux chiens errans, de plus quelques plaidoyers en faveur de son compère Villèle, et un discours solennel sur l'excellence de la méthode d'enseignement à l'usage des ignorantins; voilà son bagage littéraire. Certes, c'était plus qu'il n'en fallait pour être digne et capable de revêtir l'hermine de Fontanes.

Quant au portrait physique de la nouvelle excellence, le voici : c'est un homme d'une taille au-dessous de la moyenne, d'une corpulence assez remarquable, dont les traits plus lourds et plus communs même que son esprit, n'ont rien de cette finesse et de cette vivacité qui caractérise les enfans de la Garonne. Son organe est extrêmement désagréable, sa voix est toujours enrouée, son accent méridional est presque aussi prononcé que celui de M. de Villèle. Cependant on l'écoutait à la chambre avec curiosité parce qu'on était sûr de saisir dans ses discours la véritable pensée du parti villéliste. Dieu soit loué, nous avons gagné maintenant à ne pas nous faire écorcher les oreilles pour l'apprendre; le ministre de l'instruction publique aura d'autres moyens de nous la faire parvenir.

Avec lui en effet doivent revenir les jésuites; il

n'en peut-être autrement. Les colléges d'Aix, de St.-Acheul, de Montmorillon, d'Auray et de Forcalquier vont se rouvrir. Le temps de l'exil est passé pour les enfans de Loyola. Assez ils ont pleuré et gémi loin de la terre promise, ils accourent des frontières de la Suisse, de la Savoie et de l'Espagne; Irun, Fribourg et Chambéry nous rendront leurs exilés et leurs martyrs. Les ignorantins reviendront en honneur, puis on proscrira le système Lancastérien et l'enseignement mutuel comme invention diabolique, impie et tendant à faire des athées; et tout ira bien comme devant. Voilà M. le baron de Montbel et voilà les espérances qu'il nous donne.

M. DE BOURMONT.

Tout fonctionnaire public chargé à raison de ses fonctions du dépôt des plans, qui aura livré ces plans à l'ennemi sera puni de mort.

Code pénal, art. 81.

ÉPIGRAMME.

Si je savais le sort qui m'était attendu ,
Quand pour ministre on me fit reconnaître ,
Ma foi, Messieurs , je veux être pendu :
Ah ! monseigneur est trop digne de l'être.

Polignac, je le conçois encore; mais Bourmont, cela n'est pas possible! l'imprimeur s'est trompé.

Un grand personnage.

Voyez-vous cet homme qui au premier coup de canon de la liberté prend son passeport pour Coblentz?

Voyez-vous cet homme qui du château d'Edimbourg envoie des proclamations au peuple et à l'armée française pour tâcher de la soulever? Qui, à la tête de quelques assassins flétris par l'histoire du titre de Chouans, entre dans la ville du Mans, la pille, l'incendie, en massacre les habitans, et la croix blanche au chapeau fait chanter un *Te Deum* à la métropole? Le voyez-vous ce royaliste si pur, si dévoué à la monarchie de nos soixante-sept rois, venir mendier des faveurs au lever du premier consul, puis essayer de l'assassiner avec la machine infernale? Le voyez-vous enfin saluer l'empereur, la restauration, l'empereur encore, vendre la France à l'Angleterre la veille de la bataille de Waterloo, raffermir de son témoignage la condamnation à mort de Ney? Et bien cet homme, c'est Louis-Auguste-Victor, comte de Ghaines de Bourmont, aujourd'hui ministre de France, chargé du département de la guerre pour la plus grande gloire de la nation.

Monseigneur est né au château de Bourmont en Anjou, le 2 septembre 1773; quoiqu'il n'eut guère que 27 ans à l'époque de notre glorieuse révolution, il n'y avait pas une étincelle de patriotisme dans son cœur. Le jeune Bourmont quitta son habit rouge de garde française et courut s'enrôler sous les drapeaux prussiens; il essaya de battre la France avec l'armée de Condé, passa en Champagne, puis en Vendée, d'où il fut envoyé en Angleterre par le major-général de l'armée, M. de Scépeaux.

S'il ne retira aucun avantage de sa mission , il en obtint personnellement de très-grands du comte d'Artois, retiré au château d'Édimbonrg. Ce prince le décora de la croix de Saint-Louis , et le nomma colonel d'infanterie. De retour en France, son titre de chevalier ne le mit pas à l'abri des attaques du brave général Hoche, qui purgea la Vendée des Chouans et du comte de Bourmont, obligé de passer une seconde fois la Manche, pour aller obtenir en récompense de sa bravoure et de sa fuite, le bâton du maréchal, et le titre de commandant des provinces du Maine, du Perche, etc. Sa présence en Bretagne fit encore fermenter le vieux levain d'une poignée de Chouans qui entrèrent dans la ville du Mans , et la traitèrent avec autant de générosité qu'un pulk de cosaques de la Russie blanche. Forcé d'abandonner une cause qui ne rapportait ni profit ni gloire, le noble comte passa la Loire , vint saluer le chapeau de la liberté sur la place du Carrousel, et pour premier hommage de sa soumission au premier consul, trama une conspiration contre lui. Il fut impliqué dans l'affaire de la machine infernale (1). Renfermé dans les cachots du temple par le ministre Fouché qui s'obstinait à voir une machine dans M. le comte, il fut transféré plus tard dans la citadelle de Dijon, et de là à celle de Besançon. Étant parvenu à s'échapper, il passa en Portugal, où il resta jusqu'à la prise de

______

(1). Et pourtant il alla dans la loge de Bonaparte ui dire que la machine infernale était l'œuvre de quelques jacobins.

Lisbonne par le général Junot, en 1808. La trahison étant chez lui une seconde nature, il offrit de-rechef ses bons et loyaux services à l'empereur, qui pardonna au pécheur et lui donna le grade de colonel-adjudant commandant de l'armée de Naples. Il fit sous le prince Eugène la campagne de Russie, et fut nommé général de division après la bataille de Nogent. Au retour des Bourbons, ennuyé de servir toujours la même cause, il leur prêta serment de fidélité, et les trahit trois mois après, à l'époque du débarquement de Napoléon.

M. de Bourmont était encore tout chaud et bouillant de royalisme, lorsque tout à coup Bonaparte se mit en fantaisie de venir à Paris. Grande fut la peine du général; cependant comme il lui sembla meilleur et surtout plus sûr de se prononcer pour une restauration qui entrait à Paris que pour une restauration qui partait pour Gand, il se décida pour Bonaparte. Le maréchal Ney était flottant entre ses anciens et ses nouveaux sermens; Bourmont lui représenta que tenir pour les Bourbons c'était folie (1). Bourmont, dit le maréchal à la Chambre des pairs, me dit qu'il fallait se joindre à Bonaparte, que les Bourbons avaient fait trop de *sottises*, qu'il fallait les abandonner; et le maréchal se laissa entraîner.

Puis comme il était encore incertain et indécis ne

(1). Ce sont ses expressions. Voyez pour tout ceci les pages impartiales du *Moniteur*.

sachant s'il devait publier les proclamations en faveur de Napoléon qu'il venait de recevoir, le maréchal
s'adressa encore à M. de Bourmont. Je le sommai,
dit-il, *au nom de l'honneur* (*), de me dire ce qui
se passait ; Bourmont prit la proclamation, la lut, et
dit qu'il était absolument d'avis de la publier ; il alla
rassembler les troupes, et vint chercher le maréchal
pour lui faire cette publication.

Or savez-vous, entre autres phrases, la phrase que
contenait la proclamation, celle-ci : *la cause des
Bourbons est à jamais perdue.* M. de Bourmont l'a
sans doute bien oubliée depuis.

Après tant de garanties données à la restauration
impériale, après un aussi vif et ardent enthousiasme,
le général devait se flatter d'avoir gagné la confiance
de Napoléon, et pourtant celui-ci, qui se connaissait
en hommes, ne pouvait se décider à lui confier un
commandement ; et bien il pensait.

Cependant Ney parvint à surmonter cette aversion,
il représenta tout ce qu'avait fait le général à Besançon pour la cause impériale, et enfin venant à
dire à l'empereur qu'il répondait de Bourmont sur
sa tête, il obtint pour lui la nomination au commàn-
dement de la 6me division du corps d'armée aux or-

(*) M. de Bourmont n'entendait pas ce mot.

Ces vieux contes d'honneur invincibles chimères,
Étaient-ce impressions qui pússent aveugler
Un jugement si clair ?

MALHERBE, stance 41.

dres du général Gérard. Pauvre maréchal! il ne
savait pas qu'en engageant sa tête pour Bourmont
il disait plus vrai qu'il ne le croyait alors ; il a dû
s'en convaincre plus tard et surtout lors de son procès.

Le général prit avec l'armée la route de Flandre ,
mais tout en cheminant au-devant des Prussiens et
des Anglais, l'odeur de la trahison l'allécha , le pen-
chant naturel se réveilla en lui, et dès-lors la fidélité à la cause qu'il venait d'embrasser si chaudement
s'attiédit, elle fut glacée à la vue des drapeaux étrangers. Le premier coup de fusil des cosaques fut pour
lui le signal de la défection ; quand il vit que la restauration royale marchait victorieusement avec les
soldats du roi Georges et la landwer du roi Frédéric,
tout fut fini pour lui avec les soldats de la France : il
piqua des deux, laissa là Napoléon et son armée, et
courut se jeter entre les bras de M. Blucher et de la
légitimité. Mais comme pour laver sa trahison de Besançon il fallait rendre un grand, un immense service,
il pensa ne pouvoir mieux faire que de porter à nos
bons alliés les plans de la campagne ; il le fit ; le cadeau fut jugé sortable et présentable , et le transfuge
s'en trouva bien.

Toutefois pendant qu'il galoppait sur la route de
Gand on le jugeait comme traître dans le camp français , et on mettait à l'ordre du jour de l'armée les
lignes suivantes qu'il est bon de rappeler pour l'instruction de l'armée soumise à M. de Bourmont :
« Ordre du jour. Charleroi, 13 juin 1815 au soir.
Le général Gérard a rendu compte que le lieutenant

4 *

général Bourmont, le colonel Clouet et le chef d'escadron Villontreys sont passés à l'ennemi ; le major-
général a ordonné qu'ils fussent jugés sur le champ
conformément aux lois. L'armée regarde comme un
événement heureux la défection de ce petit nombre de
traîtres qui se démasquent ainsi. »

A la nouvelle de cette défection, Napoléon, repro-
chant au maréchal Ney sa confiance en un homme
qui n'avait été employé qu'à sa recommandation, lui
dit : Eh bien! votre tête à qui est-elle ? Allez, M. le
maréchal, ceux qui sont bleus restent bleus et ceux
qui sont blancs restent blancs.

Après la bataille de Waterloo, M. de Bourmont,
blanc comme neige, s'avança en France à la tête d'un
régiment autrichien ; il fit rendre la place de Lille
que commandait le général Lapoype, et se distingua
par maintes prouesses de royalisme dans les villes du
nord.

Vint le procès du maréchal Ney ; M. de Bourmont
ne faillit pas de venir poursuivre l'illustre accusé de
ses dépositions. Il lui devait cette marque de grati-
tude, pour les témoignages de confiance qu'il avait
reçus de lui. C'est au milieu de ces débats que le
maréchal l'écrasa de ces foudroyantes paroles : Bourmont croyait qu'il serait fait de moi comme de Labé-
doyère, qu'on me jugerait devant un conseil de guerre,
qu'on me fusillerait et que tout serait fini ; ce n'est
pas ainsi qu'il en sera, et la France saura tout. (*)

(*) La France a su beaucoup de choses et pourtant elle n'a

Dans ce procès, M. de Bourmont mêla plus d'une fois de cruelles ironies à ses dépositions. Le maréchal, dit-il, avait, une heure après la lecture de la proclamation impériale, la décoration de la Légion-d'Honneur avec l'aigle ; comment aurait-il pu se la procurer s'il n'avait été préparé d'avance aux événemens, à moins qu'il ne l'eût reçue à Paris à la cour du roi. Or, le maréchal ne se procura la décoration aux armes impériales qu'à son retour à Paris après le 20 mars.

Ney fut condamné et fusillé à la porte orientale du Luxembourg, où ne passe jamais M. de Bourmont, et lui Bourmont fut nommé commandant de l'une des divisions de la garde royale. Il fit alors du royalisme et du dévoûment en chambre et en caserne jusqu'en 1823, où il alla en faire dans le corps de réserve de l'armée d'Espagne ; place excellente qu'on lui donna sagement car on était ainsi presque assuré de ne pas le voir passer à l'ennemi. Pour le récompenser de sa réserve on le nomma pair de France, puis il fut membre du conseil de guerre où il représentait au mieux les intérêts des soldats suisses, anglais, prussiens et généralement de toutes les armées étrangères.

pas tout su. Ces jours derniers, M. de Chabrol cherchait à démontrer à M. de Bourmont la nécessité de rétablir la censure même dans l'intérêt de sa réputation et de sa considération personnelle. Je le sais, répondit M. de Bourmont, les journaux m'attaquent violemment, on en dit beaucoup sur mon compte, et pourtant ils ne savent pas tout.

C'est là qu'on l'a pris pour en faire un ministre de la guerre, le choix a fait tressaillir toute l'armée (*), est-ce de joie, je ne le dirai pas, mais toujours est-il que force démissions de généraux et d'officiers sont arrivées au ministère, que soixante personnes se sont fait inscrire chez le suisse, et que M. Royer-Collard a dit : aujourd'hui moins que jamais, je ne voudrais être président, car je ne voudrais pas être chargé de rappeler à l'ordre ceux qui s'en écarteraient vis-à-vis M. de Bourmont. Le jour du changement de ministère un officier annonçait la nouvelle à un de ses camarades. — Et qui est ministre de la guerre, dit celui-ci;—devine :—qui donc, un traitre; j'y suis, M.... — Non, —et bien je l'ai trouvé. C'est.... — Qu'on juge par là de l'effet qu'a dû faire dans l'armée la nomination du transfuge de Besançon et de Waterloo. Les braves de quelqu'opinion qu'ils soient aiment la loyauté et honorent pardessus tout la religion du serment.

(*) M. de Bourmont assurait l'autre jour sans rire que l'armée l'adorait. Si elle l'aime, c'est d'un amour bien platonique.

M. FRAYSSINOUS.
DERNIÈRE CONFÉRENCE

DE M. FRAYSSINOUS A SAINT-SULPICE.

O siècle corrompu ! c'est monsieur de Voltaire
Qui causa tous les maux répandus sur la terre.
Beau temps, où Charles-Neuf de son petit balcon ,
Faisait des protestans un nouveau Montfaucon.
Où le fils d'Abraham , voleur cosmopolite ,
Portait du chapeau vert le signe israélite.
L'intolérance a fui. Sur le sol gallican
La chaire de Calvin brave le Vatican ;
L'état peu soucieux d'un rabbin pédagogue
Le laisse hébraïser dans une synagogue ;
Et si jamais Mahmoud , en nouveau saint Bernard ,
D'une croisade turque arborait l'étendard ,
Notre charte par lui , justement invoquée ,
Il pourrait à Clichy fonder une mosquée ,
Et l'on verrait un jour , se tenant par la main ,
Le ministre et l'Iman , le prêtre , le rabbin.
Voilà ce qu'ont produit ces chartes libérales
Qui versent le venin de leurs pestes morales.
Malheur à l'imprudent qui s'en fait un appui !
Quel peuple si mesquin n'en veut une aujourd'hui ;
L'oisif Napolitain menacé par les laves ,
Nuit et jour pour l'avoir conspire dans des caves.
Sous l'équateur brûlant où mûrit le coco ,
Tout demande une charte , et jusqu'à Monaco
Qu'Hérisson dédaigna de placer sur la carte ,
A son roi Grimaldi veut vacciner la charte ! ! !

Curière , petite ville de l'Aveyron , a le mérite d'a-
voir vu naître , en 1765 , M. l'abbé Frayssinous ,
évêque d'Hermopolis. Jeune encore lorsque la révolution eut cessé son cours , il profita de l'espèce de

religiosité que le retour à l'ordre avait amené, pour prêcher les vérités de l'Evangile. L'église des Carmes fut le théâtre de ses conférences. Malheureusement, l'orateur chrétien oubliait souvent en chaire le texte de son sermon pour s'occuper des affaires du gouvernement et du temporel du royaume. A sa troisième conférence, lorsqu'il eut achevé son exorde contre le tyran, et semé de figures d'apocalypse ses attaques contre l'ordre de choses établi, la police somma le nouveau Chrysostôme de se rendre au bureau, où il lui fut enjoint de se renfermer à l'avenir dans le cercle des controverses religieuses. M. l'abbé Frayssinous convint de ses torts, et le lendemain il dit à ses auditeurs de « remercier l'Eternel d'avoir employé une » main puissante à redresser ses autels. »

Nommé inspecteur-général de l'académie de Paris, et quelque temps après chanoine de Notre-Dame, M. l'abbé transporta le lieu de ses conférences à St-Sulpice. Là, ses succès furent encore plus grands qu'aux Carmes ; on allait l'entendre avec une espèce d'engoûment : le fameux chanteur Elleviou et lui se disputaient les soirées de Paris ; ils étaient alors tous deux frais et brillans, et il est encore indécis si l'acteur l'emporta toujours sur l'abbé dans l'art de mériter les suffrages du beau sexe. Obligé, au commencement de sa carrière, de faire de l'éloquence en sous-ordre d'un certain abbé Boyer, M. Frayssinous, pour donner du relief à l'ergotisme de son chef, était chargé de poser de pitoyables argumens que son ad-

versaire réfutait aussitôt. En un mot, l'abbé Boyer
était le principe du bien, le mandataire de Dieu;
l'abbé Frayssinous, au contraire, était le principe
du mal, *l'avocat du diable*.

La police, qui n'entendait rien aux controverses
religieuses, et qui voyait une conspiration dans un
attroupement de deux hommes, pria M. Frayssinous
de conférer pour son compte, et de passer ses soirées
à jouer au boston avec les rentiers de la Cité.

En 1814, lorsque nos princes rentrèrent aux
Tuileries, M. l'abbé Frayssinous lâcha la bride
à sa fougue évangélique. L'apocalypse fut mise
encore en jeu : Paris fut la prostituée de Babylone,
les libéraux la bête de *Patmos*, les ministres le chan-
delier à sept branches; enfin, il tira un si beau parti
de son avoir en théologie, qu'on lui confia les ciseaux
de la censure : autre figure d'apocalypse avec laquelle
M. l'abbé gagnait trois mille francs par mois.

Quand Napoléon vint se loger encore à l'improviste
dans les Tuileries, avant la fin du premier terme
des locataires, M. Frayssinous alla prendre l'air
des montagnes de l'Aveyron.

Il revint à Paris à la seconde rentrée de Louis XVIII,
et fut nommé membre de la commission de l'instruction publique, emploi qu'il abandonna quelques
mois après, mais qui lui valut 6,000 francs de
pension.

La fortune de M. l'abbé Frayssinous commence à
grandir. Choisi par l'académie pour prononcer l'é-

loge de saint Louis, de prédicateur ordinaire de
Louis XVIII, il est nommé évêque d'Hermopolis,
évêché où il n'a jamais mis le pied, de peur d'être
empalé tout vif par ses ouailles. En 1823, comme il
fallait un jésuite pour succéder à un autre dans les
fonctions de grand-maître de l'université, on le
choisit pour remplacer M. Cuvier.

Toujours plus ennemi des grandeurs de ce monde,
et humble dans ses prétentions, M. l'abbé accepta,
avec le plus profond désintéressement, le portefeuille
de ministre des cultes Les jésuites eurent, dès ce
moment, un ardent défenseur auprès du trône ; ils
purent le placer à leur gré, tantôt à la tribune des
députés où dans la chaire, tantôt sur les fauteuils de
l'académie, où il fut nommé en remplacement de
l'abbé Sicard, et tantôt enfin sur les bancs du Luxembourg, car il fut aussi élevé à la dignité de pair. Ses
droits au rang d'académicien étaient fondés sur une
brochure sur les *vrais principes de l'Eglise gallicane*,
et un recueil de ses conférences sur la religion, im-
primée quelque temps après sa réception, sous le titre
de *Défense du Christianisme*. Les déclamations héris-
sées de citations latines n'ont un certain mérite que
lorsqu'elles sont prononcées en chaire. Privées de
cet avantage, elles retombent dans les compilations
indigestes qui défendent de l'humidité des murs les
lecteurs de la bibliothèque Mazarine. C'est là le sort
qui attend les élucubrations de monsieur l'abbé, lequel trouva l'art dans l'oraison funèbre de
Louis XVIII de ne pas prononcer le mot de Charte.

Sous son ridicule et tyrannique ministère, les
jésuites devinrent plus forts et plus redoutables que
jamais. Appelé à s'expliquer sur leur existence, un
peu mollement à la vérité, par M. le comte Sébas-
tiani, il tergiversa, fit des fleurs de rhétorique, et ne
nia rien. Quand le Jupiter de la rue de Rivoli crou-
lait avec son olympe au bruit des sifflets et des malé-
dictions de la France, M. d'Hermopolis fut entraîné
dans la même chute. Lorsque l'opinion publique eut,
par des formes énergiques, demandé et obtenu la dis-
solution des établissemens illicites de la société de
Jésus, M. d'Hermopolis ne fut pas le dernier à crier
contre l'illégalité de cette mesure; il cita encore l'A-
pocalypse, mais cette fois on l'envoya se promener à
Conflans.

> « Conflans où monseigneur dans une paix profonde,
> » Foule sur le gazon les vanités du monde,
> » Où de jeunes abbés, amis du doux repos,
> » Expliquent Corydon au murmure des eaux,
> » Et sous l'ombrage frais des verdoyans platanes,
> » Semblent à l'œil trompés des nymphes en soutanes. »

Monseigneur, dit-on, est passionné pour le jeu de
billard; ce n'est pas un grand mal, il vaut mieux
faire *fausse queue* que de dire ou d'écrire des niaise-
ries théologiques.

Depuis un an, quoique toujours placé sous un régime vague, on était loin de penser que les fauteurs
du système Villèle et Corbière reviendraient au pouvoir. Ils y sont revenus, et M. d'Hermopolis aussi;

s'il n'est encore que ministre des cultes en herbe, on l'a chargé pour le moment de la *feuille des bénéfices*, c'est-à-dire de désigner dans quelles mains et sur quelle tête ecclésiastique doivent tomber l'argent du peuple et les honneurs de la cour. C'est encore là une heureuse réminiscence du bon temps.

M. MANGIN.

> Il avait bien du sang ! !
> MACBETH.
>
> Ei dier nel sangue.
> DANTE, inferno, c. XII.

Pour un noble cœur quelle fête,
Lorsqu'au parquet, le Code en main,
Sans risque on demande une tête,
Une tête de corps humain !
Il est à voir ce sang qui coule
Un plaisir qu'ignore la foule,
Mais que Mangin connaît pourtant.
Aussi pour tuer Lafayette,
Laffitte, d'Argenson, Constant,
Ce grand magistrat ne regrette
Que de n'être pas *compétent.*

* * *

Quoi livrer un proscrit ! par quel étrange erreur,
   Le renvoyer exprès de ce rivage
Pour le tuer à Naples ! quelle horreur !
   Disait Mangin ; il faut pour notre honneur
Sauver aux étrangers les ennuis du voyage.
Traduit de Corse.

Lorsque M. de Belleyme résistant à toutes les instances eut définitivement refusé l'appui de sa popularité au nouveau ministère, M. de Labourdonnaye alla cherchant et demandant partout un préfet de police; parmi ceux qu'il insulta de ses offres, quelques-uns ne se sentirent pas assez forts pour braver la haine et le mépris qui allaient s'attacher à l'exécuteur des œuvres d'un tel ministère, et la plupart s'honorèrent par un noble refus. Restait à compulser le livre des hommes aux hideux services, aux services de sang, le premier nom qui s'y trouva fut celui de Mangin; il méritait la préséance, Bellart et Marchangy étaient des agneaux à côté du procureur-général de Poitiers; on se rappelle l'effroyable énergie, qu'il avait déployée dans l'affaire de Berton (*), on se souvint de ses vœux sanguinaires, de ses horribles regrets, du goût de sang que sentaient ses réquisitoires, on pensa qu'un *bon pourvoyeur de bourreaux* serait un excellent pourvoyeur

(*) Non content d'accuser Berton, M. Mangin l'insulta en le traitant de *lâche*. Berton lui répondit par ces paroles qui resteront dans l'histoire. « On n'a rien épargné pour tâcher de nous avilir à vos yeux, les épithètes les plus offensantes, peu généreuses envers les accusés de la part d'un magistrat revêtu d'aussi éminentes fonctions, ont montré un caractère irascible et peu de dignité. Le courage qu'on croit déployer lorsqu'on est certain de ne courir aucun risque n'est qu'une fanfaronnade ridicule, et quand M. le procureur-général s'est cru autorisé sur un faux rapport à se servir envers nous du mot de lâcheté, nous l'avons méprisé. » Jeffryes insultait aussi les accusés.

de gendarmes, et on le nomma préfet de police. De
M. de Belleyme à lui la chute est affreuse. Confier la
police de Paris à un homme de la trempe de M. Mangin, voilà qui explique mieux les projets et les ar-
rière-pensées du ministère Polignac que tous les ar-
ticles de la *Gazette* et tous les manifestes du *Times*.

MINISTÈRE DE LA MARINE.

LE MINISTRE EN BLANC (*).

La France a applaudi au choix du ministre en
blanc. C'est le seul qui jusqu'à présent ait pris à
cœur les intérêts du pays; aussi la nation reconnaissante lui dressera une statue dès que l'éléphant de la
Bastille élèvera sa trompe. Simple dans ses goûts et

(*) Les arrangeurs du ministère encouragés sans doute par
le souvenir de quelques erreurs politiques du jeune officier
de marine en 1815, avaient fait à M. de Rigny, l'injure de le
nommer ministre de la marine; on s'attendait bien à ce que
le vainqueur de Navarin ne consentît pas à salir ses lauriers
en s'unissant à une telle administration. Effectivement M. de
Rigny a refusé la succession de M. Hyde de Neuville, et il
n'a fait ainsi que se préparer les voies pour arriver à un ministère honorable. On raconte entre autres motifs de ce refus, le
fait suivant : A son arrivée à Paris, M. de Rigny reçut la
visite de M. le baron L...., son oncle, auquel il doit en partie
sa fortune militaire : « Monsieur, lui dit le baron en l'abordant, vous êtes mon neveu et mon héritier, j'ai onze cents
mille francs de rente, si vous acceptez le ministère qu'on
vous offre, demain je fais mon testament et je vous déshé-
rite, choisissez. »

économe des deniers de l'état, il n'a point voulu des
cent mille francs que le budget lui alloue. On peut se
présenter chez lui sans pétitionner quinze jours à sa
porte, ni solliciter cette faveur par l'intervention
d'une courtisane ou d'un valet. Le ministre en blanc
n'a point d'équipage; il se rend à pied au Luxembourg et à la chambre des députés comme ferait un
électeur à cent écus. Il donne rarement à dîner, parce
qu'il ne veut corrompre personne, et qu'il tient d'ailleurs fort peu à sa place. Il a souscrit dans le temps
pour les incendiés de Salins, du Bazar et pour tous
les incendiés de la France; il aime les Grecs et leur
envoie des secours quand il peut le faire sans nuire
à son inépuisable charité pour ses compatriotes. Le
ministre en blanc est d'une taille moyenne; droit,
car il n'a pas ruiné ses reins à force de courbettes;
riant, car il n'a pas l'humanité en horreur; et d'un
teint blanc, ce qu'on n'avait pas vu depuis le ministère de M. de Cazes. Il considère les hommes comme
certains cailloux de l'Inde; bruts, ce sont de vils
charbons; polis, ce sont des diamans. Ami de tous
les cultes, il réunit quelquefois dans ses soirées M. de
Maccarty, M. Marron et le grand rabbin. Quand il
va à Saint-Cloud, le peuple se range avec respect sur
son passage, et les courtisans lui font la moue; double preuve de son mérite.

Tel est le ministre en blanc.

CONSTITUTION A L'USAGE DU MINISTÈRE INCROYABLE.

Les Français seront égaux devant la loi comme les cinq doigts de la main.

Ils contribueront indistinctement dans la proportion de leur fortune, aux charges de l'état, à l'engrais des jésuites, à l'avancement de la congrégation. Toutefois on avisera aux moyens d'exempter du paiement des impôts communs la noblesse et le clergé.

Ils seront tous également admissibles aux emplois civils et militaires si leurs pères ont été Chouans, Vendéens, émigrés à Coblentz, ou surpris les armes à la main sur les frontières.

La liberté individuelle sera également garantie, personne ne pouvant être poursuivi ni arrêté que dans le cas prévu par la loi et dans la forme qu'elle prescrit, sauf les réquisitoires de M. Menjaud de Dammartin, les notes secrètes, les fusillades de la rue Saint-Denis et les exploits de la police.

Chacun professera sa religion avec une égale liberté, et obtiendra pour son culte la même protection; seront exceptés du bénéfice de cet article les Protestans, les Juifs, les Turcs et les Déistes.

Les ministres de la religion catholique, apostolique et romaine recevront seuls des traitemens du Trésor royal. Article admirable, qui augmentera les cent mille francs par an donnés à un évêque, des cinquante écus par mois retranchés à un ministre protestant; le rabbin qui explique le talmud et les paralipomènes n'a besoin de rien.

Les Français auront le droit de publier et de faire imprimer leurs opinions, en se conformant aux lois qui doivent réprimer les abus de cette liberté. Cette liberté sera restreinte par les ordonnances du bon plaisir, par les circulaires des préfets, les menaces faites aux imprimeurs, les cachots ouverts à la littérature, et les bagnes de Brest en perspective.

Toutes les propriétés seront inviolables, sans aucune exception de celles qu'on appelle *nationales*, la loi ne mettant aucune différence entre elles. Néanmoins, considérant que les féaux et loyaux émigrés doivent être indemnisés de leurs frais de voyage à Londres, en Finlande et à Mittau, nous leur accorderons, outre un milliard de dédommagement pris sur le plus clair des biens de la nation, des titres, pensions, fonctions et sinécures, en attendant de les réintégrer plus tard dans leurs propriétés, si faire se peut.

L'état pourra exiger le sacrifice d'une propriété pour cause d'intérêt public légalement constaté, mais avec une indemnité préalable. S'il advenait que la propriété fût une église, l'hôtel d'un grand seigneur ou un couvent de moines, l'article serait nul et de nul effet.

Toutes recherches des opinions et votes émis jusqu'à la restauration sont interdites. Le même oubli sera commandé aux tribunaux et aux citoyens. Cependant ceux qui seront suspects de buonapartisme, de républicanisme ou de modérantisme, seront éloignés des places, car il faut que dans l'état tout soit royaliste depuis le maréchal de France jusqu'au sapeur-pompier, depuis M. Labourdonnyae jusqu'à Chodruc Duclos.

La conscription sera abolie. Toutefois, comme de Labourdonnaye aime fort à l'acclimater, les préfets s'assembleront chaque année, et les jeunes Français seront priés de s'enrôler sous les drapeaux dès qu'ils auront atteint l'âge de vingt ans. Comme on ne veut pas imiter la conduite du tyran, on emploiera la douceur à l'égard des conscrits : les gendarmes sont chargés de l'exécution de cet article.

Forme du Gouvernement.

Les ministres ne seront pas responsables.

Les ministres gouvernans déclareront la guerre, feront des traités de paix et régneront par ordonnances.

La loi de l'impôt, sera d'abord adressée à la Chambre des députés, qui la votera avec enthousiasme.

Toute loi sera discutée et votée librement par la majorité de chacune des deux Chambres. Cette majorité sera composée des amis du ministère, de procureurs-généraux, de préfets, de conseillers d'état, de receveurs-généraux, gens incorruptibles qu'on gagnera au moyen de croix, de cordons, et de Champagne frappé à glace.

Les Chambres auront la faculté de demander une loi sur quelque objet que ce soit : par exemple, il plaira à M. Labourdonnaye de proposer une loi d'amnistie pour faire fusiller trente mille individus, pour demander l'expulsion des députés récalcitrans, et le bannissement des libéraux à Synnamary.

De la Chambre des pairs.

La nomination des pairs de France appartiendra au ministère. Leur nombre sera illimité; il pourra varier les dignités, les nommer à vie ou les rendre héréditaires, selon sa volonté. Les ministres pourront aussi la transformer, cette Chambre, en concile de Nicée, et la peupler d'évêques de Carthage, d'Adana, de Thèbes, de Diarbekir, et la remplir, autant que les salles du Luxembourg le permettront, de banquiers, d'avocats, de juges, de diplomates invalides, et de Gascons.

De la Chambre des députés.

Les députés seront élus pour cinq ans. Faute d'impression du typographe de l'Imprimerie royale, lisez sept ans.

Aucun député ne pourra être admis dans la chambre, s'il n'est dévoué à la congrégation et au ministère.

Les présidens des colléges électoraux seront nommés par les ministres, et de droit membres du collége. Les préfets des départemens tiendront lieu et place

des ministres, et nommeront les gens bien pensans,
car tel est le sens de cet article.

Des ministres.

La Chambre des députés aura le droit d'accuser les
ministres et de les traduire devant la Chambre des
pairs, qui seule aura le droit de les juger. C'est-à-
dire qu'il sera permis à un député d'accuser un ministre d'avoir dilapidé les fonds publics, d'avoir ra-
valé la dignité de la nation, de l'avoir ruinée par
des guerres ridicules, mais qu'il n'aura pas le droit
de le faire mettre en jugement. Il laissera au temps et
à la Chambre des pairs le soin d'un plus ample
informé.

Ils ne pourront être accusés que pour fait de trahison et de concussion, crimes qui ne seront jamais
constatés, parce qu'on ne surprendra jamais un ministre méditant une proclamation dans son cabinet,
et mettant ses mains dans les coffres du trésor.

De l'ordre judiciaire.

Les juges nommés seront inamovibles, nous réservant le droit, à cause de leur inamovibilité, de les
envoyer en Corse ou dans les colonies, quand besoin
sera.

Nul ne pourra être distrait de ses juges naturels,
tant que les ministres ne jugeront pas nécessaire de
rétablir les cours prévôtales.

DROITS PARTICULIERS GARANTIS PAR L'ÉTAT.

La noblesse ancienne reprendra ses titres ; la nou-velle conservera les siens. On fera des nobles à vo-lonté, mais on ne leur accordera que des rangs et des honneurs, sans aucune exemption des charges et des devoirs de la société : article qui n'empêchera pas M. de Bourmont de confier le commandement de l'ar-mée de terre à des officiers de Royal-Cravate et de Créqui-Bernicule, et le commandement des armées de mer à d'anciens lieutenans des galères du royaume.

MM. Labourdonnaye, Mangin, Coco-Lacour et les gendarmes, seront chargés de l'exécution de la présente constitution.

DÉNOUEMENT.

Voilà donc la comédie qui se prépare, voilà les ac-teurs, ce sont là les hommes qui veulent jouer le repos de la France contre de vieilles antipathies et d'impuis-sans préjugés, risquer le salut de la monarchie con-tre quelques misérables regrets de courtisans décrépits ; en vérité, quand on voit telles gens à l'œuvre, on est bon de se lamenter, de se vêtir de deuil et de se dé-soler. Regardez-les donc plutôt et riez. A peine ils entrent en scène, et ils ont peur ; ils n'en sont qu'au prologue, et déjà ils se troublent et se déconcertent ; la discorde même est au milieu de leur conseil. Ils voudraient bien agir, bâillonner, torturer, embastiller, renvoyer la Charte aux archives, et la liberté à l'autre monde, mais ils n'osent se hasarder à pareille entreprise ; et au fait, quand il s'agit de tuer une nation, on fait bien d'y penser à deux fois. Bien qu'affriandés et affamés de despotisme, ils commencent à comprendre, irrésolus et tremblans qu'ils sont, que le despotisme ne va pas à leur taille, que le régime des coups d'état est au-dessus de leur force. Ils veulent jouer le drame, mais ils désespèrent de réduire le public à les laisser faire.

Déjà ils sont isolés et abandonnés; personne, hormis quelques hommes tarés, ne veut régner avec eux. Ils en sont réduits à faire dans leur gazette des offres à tout venant. Comme les prostituées, ils s'en vont dans les carrefours politiques, prenant par le bras le premier venu, et lui disant : venez; et aucun ne vient.

Les démissions pleuvent au ministère ; on dirait aujourd'hui qu'on a plus hâte et ambition de quitter son emploi qu'on n'a ordinairement d'ardeur pour le convoiter et s'en emparer. A ce propos, j'ai entendu certaines gens blâmant les démissionnaires, et disant qu'il convient mieux à un honnête homme de garder sa place et faire du bien, ou du moins d'empêcher ainsi le mal, que de l'abandonner et la laisser au pouvoir des méchans, qui ne demandent pas mieux que de s'impatroniser sans avoir l'air de mettre personne dehors. Je ne saurais admettre cette raison, plus spécieuse que juste, et il me semble tout-à-fait juste et convenable en un bon citoyen d'éviter tout contact avec un pouvoir anti-national, honni et réprouvé de tous les hommes de bien. Celui qui est pur fait bien de ne pas vouloir d'un voisinage qui souille, et d'une solidarité qui salit et déshonore.

Ainsi délaissés, hués et méprisés, que vont-ils donc entreprendre? A leur arrivée au pouvoir, deux carrières se présentaient à eux; ils pouvaient être ridicules ou coupables : ils sont entrés déjà dans le ridicule, et ils y courent à grands pas. Pour se sauver maintenant, il faut qu'ils deviennent coupables; c'est l'absolue, l'invincible nécessité de leur existence. Mais, à vrai dire, je crois qu'ils n'en ont ni le cœur ni la force. Tout transis de l'étrange accueil que la nation leur a fait, tout interdits de cette bordée de sifflets et de huées qu'ils ont reçue en se montrant, ils sont là engourdis et frappés d'impuissance ; ils se tiennent soigneusement tapis et blottis dans le silence de leurs hôtels ; le *quinquemvirat* ne bouge pas plus que mort prêt à mettre en terre. En attendant, Polignac copie des manifestes pour les envoyer au journaux anglais; Labourdonnaye fait des circulaires et des catégories ; Bourmont s'amuse à relire le *Moniteur* de 1815; Montbel apprend le latin; Chabrol étudie tantôt Barême et tantôt la carte marine ; Courvoisier médite et récite son rosaire. Pendant ce temps, les journaux accablent le ministère de leur foudroyante polémique. Les journaux, voilà le grand et colossal obstacle ; voilà aussi le point de mire de leurs attaques. Tant qu'il y aura un journal indépendant en France, leur domination est impossible; il leur faut donc les tuer, rompre la *baliste* et couper le *manioc* à la racine, s'ils veulent régner un

peu de temps. Mais comment s'y prendre pour cela
faire? quel moyen mettre en œuvre pour en venir à
avoir des feuilles inoffensives comme la *Gazette du
Piémont*, soumises comme *l'Observateur autrichien*,
et bénévoles comme le *Diario* de Rome. Eh donc!
l'article 14 de la Charte n'est-il pas là; vite une ordonnance de censure ou une ordonnance de suppres-
sion. Mais la résistance, elle arrivera, soyez-en sûr;
les journaux n'obéiront pas à une ordonnance illé-
gale, ils l'ont dit hautement : il faudra donc en venir
à la violence et aux gendarmes. Je sais bien que
M. Mangin est là prêt et disposé à tout; on n'a qu'à
parler, et il envoie sabrer les imprimeurs et brûler
les presses. Mais les Chambres ensuite, comment s'en
emparer et les dominer? Ils parlent de la majorité;
ils l'auront tout juste comme la *Gazette* a les trente-
deux mille abonnés dont l'a dotée le rapport d'un faus-
saire. Eh bien! alors ils changeront la loi des élections,
ils la modifieront par ordonnance, déjà ils l'annon-
cent. Mais lorsque les électeurs, de par la loi et la
Charte, viendront réclamer et exercer les droits qu'on
ne peut leur enlever, que leur répondra-t-on ? que
fera-t-on? Il faudra encore appeler les gendarmes et
mettre les électeurs à la porte à coups de fusil. Je
sais bien que Mangin est là; mais enfin, alors, les impôts, qui les paiera? car c'est ici la fin de tout, et
le nom terrible de Hampden est toujours le plus
puissant talisman contre le régime du bon plaisir, ce
nom fait trembler les partisans des coups d'état.

Ils ont parlé, je le sais, de trente mille Autrichiens
s'avançant vers nos frontières en vertu d'un traité

apporté de Londres, tout prêt, signé et scellé par
M. de Polignac. Ils viendront, disent-ils, prêter
main-forte aux ordonnances et appuyer le régime
du bon plaisir : folle et absurde plaisanterie. Je crois
bien à l'existence du traité, ils sont assez lâches et fous
pour l'avoir conclu ; ce ne serait pas la première fois
qu'ils seraient allés chercher les étrangers à leur
aide. Je crois encore que les Autrichiens peuvent
à leur aise s'approcher et se promener, l'arme au
bras, autour de nos frontières ; libre à Metternich
d'exercer ses soldats à la marche dans les montagnes
de la Savoie. Mais ce que je crois par-dessus tout,
c'est que la nation tout entière, la nation en masse
se leverait pour repousser l'invasion étrangère si elle
osait montrer un seul de ses drapeaux sur le sol de la
France. Que l'esclavage et le despotisme nous vien-
nent du dedans, nous avons des moyens légaux pour
lui résister et pour l'anéantir ; les tribunaux sont là
pour nous donner justice. Mais l'oppression étrangère, jamais ! Et si du dehors il nous arrivait des
soldats pour venir monter la garde autour des échafauds et des prisons, oh ! alors ce serait pour nous un
devoir sacré de tirer encore une fois du fourreau ces
vieilles et fortes épées dont nos pères se servirent
glorieusement à Valmy, à Fleurus et à Jemmapes ;
alors ceux qui voudraient nous arracher nos libertés
apprendraient combien il est terrible ce jour suprême
où un peuple déshérité de toutes ses espérances sort
et crie : *arma viri, ferte arma, vocat lux ultima victos.*

Toutefois rassurons-nous, il est possible qu'au

fond de cette comédie, comme nous l'avons dit au
commencement, il y ait plus de ridicule que de mal.
Il n'est point de drame qui n'ait un ballet, un niais
et un tyran. Les tyrans du drame ministériel seront
démasqués, les niais exposés à la risée publique;
puis viendra le ballet, et le rideau tombera.

ÉPILOGUE.

Des colonnes du Trône à l'arche de l'Étoile,
Sur Paris effrayé s'étendit un long voile ;
On dit que tout à coup le plus grand des Henri
Agita sur son front le panache d'Ivri ;
Que sortant comme un dieu d'une immobile extase,
Sur son cheval d'airain il bondit sur sa base.
De prestige en prestige on dit qu'en ce moment
Le héros, descendu de son froid monument,
Alla dans le vieux Louvre, effrayante magie,
Secouer de la cour la longue léthargie ,
Et que le glaive nu, le fantôme d'airain ,
Épouvanta d'un mot le palais souverain.

TABLE.

FIN.

9 782019 306182